Dr Walter Fiedler

Gedruckte Worte – ihr Klang
Durchzieht die Nacht der Zweifel,
Herausgerissen aus dem Leben,
Verstreut nun in alle Winde.

Herrn Univ. Prof., Hofrat
Dr. Walter Fiedler
in Wertschätzung zugeeignet!

Anna Kropfenbauer

Wien, 2003
Naturhistorisches Museum

Anna Krapfenbauer

Der Kosmos ruft

Gedichte

Herausgegeben von der
Internationalen Friedens-Mission
Bertha von Suttner

Kleine Bibliothek Wien

Die Deutsche Bibliothek – CIP-Einheitsaufnahme

Krapfenbauer, Anna:
Der Kosmos ruft : Gedichte /Anna Krapfenbauer.
Hrsg. von der Internationalen Friedens-Mission
Bertha von Suttner, (Präs. Univ. Prof. Dr. G. Repp)
Wien : 2002
ISBN 3-9500746-1-9

Umschlaggestaltung nach einer „Mail-Art"-
Originalgrafik von Anna Krapfenbauer.
Ausgestellt und archiviert vom Verband
der Wiener Volksbildung

Herstellung: Brod Druck, Wolfsberg, Knt.
ISBN 3-9500746-1-9

Der Kosmos ruft

Gedichte

Einmalig

Wir trafen uns, wie Sonnen sich begegnen
Geblendet vom strahlenden Licht,
Das jede Finsternis durchbricht.
Ein Leben vor uns ausgebreitet
Gleich einem bunten Teppich ausgerollt,
Der glänzt wie helles Blütengold.

Liebesglück

Des Meeres Wellen mich umtosen,
Fühl des Windes sanftes Kosen.
Ich bin sehr reich,
Ist keiner mir gleich
Fühl des Sturmes Macht,
Deine Hände sacht.
Wir glaubten uns allein.
Wird es jemals sein?
Schönes Ufer, weißer Strand,
Klare Wasser, Wind und Sand.

Erwartung

Wolltest mir den Apfelbaum in Blüte zeigen
Ich ging den Weg aus Traum und Zeit
Die Äste nun sich früchteschwer schon neigen
Die Wünsche ziehen mit den Wolken weit
Gedanken drehen sich in ewgem Reigen
Ist Sehnsucht vage Hoffnung und Geleit?

Begegnung

Hoffend noch, reiß ich mich los
Zu mächtig sind der Worte Klang,
Vernehmend in Gedanken bloß
Stille klingt jetzt wie Gesang.

Vorbei das Rauschen und das Klingen,
Wartend auf den neuen Morgen
Mit der Hoffnung Schwingen,
Um erneut das Glück zu borgen.

Beginnend wieder eine weite Reise
Und der goldnen Gräser Duft
Begleitet noch von zarter Weise
Flirrend, zitternd, bebt die Luft.

Bewunderung

Bist wie Smaragd, ein Edelstein,
Strahlend wie die Sonne – rein,
Ein Bild der Wonne,
Erfüllst mein ganzes Sein.

Wer weiß ...

Ein schöner Tag
Hast kein Ziel.
Gehst vor dich hin
Denkst nicht viel.

Doch ganz plötzlich
Wirst du herausgerissen
Aus deinen Träumen
Wirst du mich vermissen?

Ich denk an dich
Wie wird es weiter gehen?
Kann nichts tun ...
Wir werden sehen.

Sonnenschein

Die Sonne immer noch scheint.
Wann sind wir wieder vereint?
Die Liebe singt die schönsten Lieder.
Es spiegelt sich der Frühling wider.
Möchte deinen Atem spüren,
Deine Worte mich berühren.

Einladung

Der Springbrunnen rauscht,
Er plaudert mit mir,
Denn sonst ist niemand hier.
Könnte den Wald dir zeigen,
Blätter glänzend im Sonnenschein
Laden uns zum Wandern ein
Und Weinberge dem Paradiese gleich
Mit goldnen bunten Lauben
So wie der Saft der süßen Trauben!

Wunsch

Wind verweh die Sehnsucht,
Trage sie zu den Wolken,
Verwandle sie in Schneeflocken,
Die mich zärtlich einhüllen
Gleich einer Liebkosung!

Liebe

Mit dir in Gedanken
Bin ich
Wo auch immer
Nicht allein.

Mit dir in Gedanken
Bin ich
Wo auch immer
Nicht einsam.

Die Braut

Zarte Blüten seidenblau,
Träumerei und weiße Bänder,
Eine wunderschöne Frau,
Wallende Gewänder.

Zauberhaft ist diese Pracht
Von der Lieblichkeit umwoben,
Aus der Finsternis der Nacht
In das helle Licht erhoben.

Welche Wonne, welcher Glanz …!
Nun vorbei das Fest, die Feier
Ein beschwingter letzter Tanz
Schon verweht der Blütenschleier.

Prächtiger Stein

Ein prächtiger Stein
In der Felsenwand.

Ein prächtiger Stein
Er hält vielem stand.

Ein prächtiger Stein
Umgeben vom Sand.

Ein prächtiger Stein
Sah flechten ein Liebesband.

Ein prächtiger Stein
Am sonnigen Strand.

Ein prächtiger Stein
Vor Zeiten entstand.

Ein prächtiger Stein
Die Zeit er bannt

Ein prächtiger Stein
An einer Hand.

Augenblick

Flammend Gold mich noch umgibt
Das Herz schlägt hastig, Sekunden eilen
Verstumm in Gedanken zur Mitternacht
Es wird still, und vieles gar so mächtig
Im hellen Feuer verbrennt der Sorgen Zahl
Nebelkleider, Träume mich umhüllen,
Paradies, ehe die Sonne noch scheint.
Des Winters frostige Nacht wird warm und mild.

Schattenbild

Die Schatten flüstern viel
Vom Leben und Liebesspiel

Der Erinnerung Gewalt
Noch in Träumen widerhallt.

Garten

Umgeben von lebenden Ranken,
Verwoben mit vielen Gedanken.

Eine kleine, nein, die große Welt für sich!
Jedes Pflänzchen erinnert mich an dich.

Ölbaumzweige sich silbrig wiegen,
Lasse die Welt hinter mir liegen.

Vergangenheit wird greifbar nah,
Der Kirschenbaum es blühend sah.

Knorrig nun schon viele Bäume,
Den Sonnenuntergang nicht versäume!

Vom Glück und Lebenstraum
Erzählt hier jeder Baum.

Die Stille unterbricht ein Kinderlachen,
Spür Lebensfülle, fröhliches Erwachen.

Im Winde sich die Gräser wiegen,
Lieblich zarte Schmetterlinge fliegen.

Heimliches Geflüster inmitten von Stein und Baum,
Umflammt von einem wundervollen Traum.

Abfahrt

Nur noch Schatten in der Ferne,
Der Zug, er gleitet, rast dahin,
Bedenke viel, frag nach dem Sinn.

Was wollte ich noch erwähnen?
Muß die Gedanken verjagen,
Konnte vieles nicht mehr sagen.

Die Kornfelder im Sonnengold wogen,
Der Blick schweift zurück,
Fängt ein verlassenes Glück.

Lasse alles an mir vorüberziehen,
Mit einer Menschenspanne Maß
Nicht zu messen, was ich besaß.

Träume

Wenn Träume mir dein Bild erschaffen
Die Einsamkeit ein wenig weicht
Ewig endlos ist das Sehnen
Tiefes Gefühl man nie erzwingt
Liebe uns den Göttern nahebringt.

Doch zeitig lerne abwärts sehen
Beacht der Sonne Schein und Untergang
Lange Schatten bringt der Abend
Lerne Leben zwischen Lust und Leid
Zwischen Qual und Seligkeit.

Immer wieder

Der vielen Tage Licht und Schatten
Durch das Tal der Träume ziehn.

Entschwindend schon in ferne Weiten,
Fliehend, lauschend einem neuen Klang.

Tage, gereiht in Eis und Sonnengold,
Man gab und nahm – und gab doch immer wieder.

Geträumt

Kann man träumen einen halben Traum?
Niemals mehr träumen
Bedeutet: Alles Schöne versäumen.
Ein Hauch des Glücks hat mich berührt,
Hab deine Nähe noch einmal verspürt.

Tod

Zurücklassen, was man je begann,
Der Werke viel man einst ersann.

Das Kinderlachen und den Sonnenschein,
Das Blühen in Wiese, Wald und Hain,

Den Schmerz, das Leid das Himmelwärts-Gehen,
Den Odem deiner Seele bis zum Wiedersehen.

Erstarrung

Das Wort dehnt sich aus,
Erfaßt das ganze Haus,
Erstarrt alle Gedanken,
Bringt alles ins Wanken.
Verloren ist jede Spur,
Getragen von der Hoffnung nur
Der Glanz verschwand,
Die Kraft im Niemandsland,
Die Sonne scheint nicht mehr,
Kein Vogelgesang, die Welt ist leer.

Kondolation

Zu Ende eine schöne, erfüllte Zeit,
Vorbei viel Schmerz und Leid
Nun blickt man zurück,
Auf gemeinsames Glück.

Vergangenheit breitet sich aus,
Leer steht ohne dich das Haus.
Irdisch wir fühlen, denken und hoffen,
So sind wir betroffen.

Es verlöschen die Jahre,
Vorbei all das Wunderbare,
Die Erinnerung verklärt
Und die Liebe währt.

Liebe

Zwei Herzen haben sich getroffen,
Das Leben ist nur Glück und Hoffen.
Nun die Sehnsucht führt zurück
An Orte voll Erinnerung und Glück.

Doch alle Straßen sind jetzt menschenleer,
Ich suche dich immer mehr und mehr.
Kosmisch werden wir uns wieder finden,
Uns ewig lieben und verbinden.

Trauer

Dein Lachen, dein Duft, Berührung,
Deine Stimme – wo bist du?

Die Welt, vergebliche Hoffnung,
Was ist geblieben?

Dasein, Leben, Heimstatt.
Fandest du Frieden und Ruh?

Gedenken

Mit dem Kosmos vereint
Eine andere Sonne Dir scheint.
Die Segel flattern im Wind
Deine Geige weiter klingt.

Lichtstrahl

Leben, Liebster, dürfen wir, und lieben!
Sonnen vergehen und kehren nie wieder,
Doch wenn unsere kurzen Schatten schwinden,
Und die Schritte nicht mehr zählbar sind
Werden wir vielleicht getragen durch klamme Nebel
Durch kosmische Nacht, Liebster,
Bis uns der Lichtstrahl erreicht!

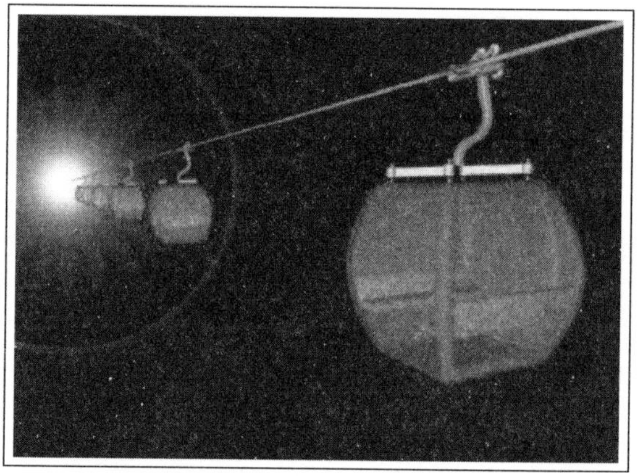

Gerhard Kidéry

Das Jahr

Jahreszeiten

Der Frühling nimmt
Dem Winter
Das Eis aus der Hand.

Der Sommer entwindet
Dem Frühling
Das sprießende Blütenband.

Der Herbst nimmt
Dem Sommer
Das Gold aus der Hand.

Der Winter entwindet
Dem Herbst
Das welke Blätterband.

Maßliebchen

Des Maßliebchens Art
Steht für Gänseblümchen zart,
Blüht auf Wiesen, Weiden, Rainen
Zwar ganz unscheinbar,
Doch präsent das ganze Jahr.

Ist´s vom Schnee manchmal bedeckt,
Der Sonne Strahl es wieder weckt,
Blätterlos auf zartem Stiel,
Gelb im Mittelpunkt das Kleid,
Weißer Strahlenkranz, nicht breit.

Unscheinbar zart oft vieles wirkt
Und doch große Kraft verbirgt.
Liebe zeigt sich auch im Kleinen,
Zuneigung oft unendlich groß,
Echte Liebe, sie ist grenzenlos.

Der Weg durchs Eichenblatt

Knorrig, mächtig der Eichenbaum,
Der Sturm entreißt den Blättertraum.

Nun die welken Blätter liegen,
Mit dem Winde sie sich wiegen.

Schnee bedeckt den goldnen Schein,
Hüllt alles still und sorgsam ein.

Ruhend nun dem Winter zugeneigt,
Die Natur bedächtig schweigt.

Ein Frühlingshauch weckt Feld und Flur,
Vom Schnee befreit, erwacht nun die Natur.

Ein Leberblümchen dringt durch ein Eichenblatt,
Der Sonne Strahl es ganz verzaubert hat.

Sonnenglast und Blütenmeer – himmelblau,
Strahlend, Freude spendend, wohin ich schau.

Farben

Gleich der Lust über den Schmerz gestellt,
Erhellt Farbe die dunkle Welt.

Geheimnisvolle prächtige Wirklichkeit,
Gespielin des Lichts, zu beglücken bereit.

Farbe für Wasser, Feuer, Erde und Luft,
Blumen umgeben von köstlichem Duft.

Farbe – ein Teil der Schöpfung des Ganzen,
Bilder im Regenbogen flimmernd tanzen.

Jahrmilliarden während im Weltenall,
Farbe! Prächtiger, lautloser Freudenstrahl!

Wein

Abertausend Ranken, Blüten fast verborgen,
Wachsen reifend entgegen dem schönen Morgen.

Dann des Winzers fleißige, starke Hand
Dem Weinstock die süße Frucht entwand.

Vergoren füllt man mit Gold und Rubin die Schale,
Kredenzt ihn zum besonderen Mahle.

Was ist es, was den Himmel und der Erde Früchte trägt,
Des Feuers Glut des Wassers Flut bewegt?

Gleich wie die Liebe dich umfängt und sprießt,
Der Wein, du weißt, auch oft dein Kerker ist.

So ist man oft des Glückes und der Liebe voll,
Doch das Übermaß ist manchmal ein zu hoher Zoll.

Du meinst, dies alles macht deine Tage hell,
Aber an der Schwelle steht ein tückischer Gesell´.

In allen Gaben aber liegt des Schöpfers Gegenwart.
Genießen wir sie auf die rechte Art.

Herbstfarben

Wie der Regenbogen am Himmelszelt,
Bedeckt des Herbstes Farbenpracht die Welt.

Regentropfen, die Blätter und letzten Rosen
Zum Leuchten bringen und ein wenig kosen.

Der Sturm befreit so manchen Baum
Von Last und buntem Früchtetraum.

Nebelschwaden ziehen über Feld und Flur,
Es zeichnet sich das Herbstes Spur.

Der Wind treibt Blätter vor uns her,
Das Land wirkt bunt und ernteschwer.

Gespeichert ist der langen Tage Kraft,
Perlender Tau verzaubert der Trauben Saft.

Der Spinnweben Glitzern, zarter Fäden Kreis
Hüllt farbige Blätter in dämmerndes Weiß.

Allerheiligen

Ein mattes, buntes Blättermeer,
Der Wind, er weht so stürmisch schwer.

Farblos zeigt sich Feld und Flur,
Die Sonne zieht nun flacher ihre Spur.

Licht zumeist dem Schatten weicht,
Vertraute Bilder man vergleicht.

Alles Sein birgt in sich Vergehen,
Ein Sinnbild für das Auferstehen.

November

Ich sehe nach draußen bei Nacht
Alles scheint still und stumm,
Schneeflocken langsam niederschweben,
Auf Fenstern Eiskristalle weben.

Das Häusermeer ins Nichts verrinnt,
Der Blick eilt zurück in den Raum.
Es schweigt der Welt vergebliches Tun.
Versuche, in meinen Gedanken zu ruhn.

Advent

Vergessen sei Streß
Und buntes Treiben,
Mach dir ein wenig zu eigen
Stille, Ruhe, Fröhlichsein.

Halt inne, ruh in dir!
Beschränk dich nicht auf Geben
Von sichtbaren Gaben.
Denk nicht nur an Haben.

Christkind

Es schmückt viele Bäume,
Erfüllt fast alle Träume
Der ungezählten Kinderschar
Macht glücklich, so wie jedes Jahr.
Nimmersatt, wir Erwachsenen sind,
Werden niemals mehr zum Kind.

... und legt es in die Krippe

Süßer Duft von Lebzelt, Kerzen, draußen Schnee,
Trotzdem zur Pfarrkirche St. Paul wir wandern
Zu Weihnachten, wie eh und je.

Pochende Herzen, die Feier zu lang,
Unruhig in Vorfreude nicht nur die Kinder,
Viel Weihrauch, Musik und Gesang.

Am Schluß drängen alle zum Seitenaltar,
Wo der Stall mit Ochs und Esel
Und auch das Jesukind war.

Unser Christbaum, dachte ich, ist geschmückt,
Hob die kleine Tochter zur Krippe empor.
Gott sei Dank, ein Blick war geglückt.

Ungeduldig, zappelnd, „Mama, geh,
Laß mich runter, es ist genug –
Nur Ochs und Esel ich seh."

Ich erklärte schnell: „Schau!
Das arme Jesukind liegt nur auf Stroh!"
Was ich jetzt vernahm traf es genau:

„Ach Mama, horch doch! mir scheint",
Bedrängte mich nun die Kleine,
„Das Knäblein, glaube ich, weint.

Nimm doch das Kind aus der Krippe heraus!"
Ach, mir wurde gleich bang.
„Wir haben ja so viel Platz zu Haus."

Grausam waren die Menschen, die Welt.
Damals die Herbergsuche –
Doch heute vor die Entscheidung gestellt?

Wortlos am Heimweg in der Heiligen Nacht,
Nicht mehr so eilig wie vorher,
Verstummt, in sich gekehrt, bedacht.

Die Wahrheit, oft sehr gut verwahrt,
Durch das Kind in der Krippe
Sich nun offenbart.

Sehnsuchtstraum

Himmelsglut erhellt den Tag
Wenn die Nacht einbricht
Erstrahlt am Himmel Sternenlicht.

Leuchtend an der Himmelssphäre
Sonnen und Wandersterne
Umnebelt in so weiter Ferne.

Sternenbilder haben viele Namen
Bewegen sich in weiten Bahnen
In ihrer Vielfalt kaum zu erahnen.

Sternsysteme, Einzelne und Doppelsterne
Viele Sonnenradien oder Kilometer nur
Alle gehorchen dem Gesetze der Natur.

Ein geborener Stern beginnt zu strahlen
Sein Schicksal – er zur Supernova wird
Und dann im Kosmos sich verliert.

Aufbau, Masse, Dichte gleicht der Sonne
Millionen Lichtjahre oft entfernt so weit
Unbegreifbar verloren in Raum und Zeit.

Sterne verglühend zur Erde sinken
In Meteoritenteilen auch Kometen
Beflügelnd die Gedanken der Propheten.

Die Chaostheorie im Einklang mit
$E = mc^2$
Im Kosmos alles seine Ordnung hat.

Sterne, Symbol für Freiheit und Erlösung
Dem Stern von Bethlehem wir geben Raum.
Sehnsucht, Hoffnung unterm Tannenbaum.

Bereitet den Weg

Licht, Milliarden Lichtjahre weit
Und doch nur ein Atemzug der Zeit.

Ein Paradoxon: die Galaxie erhellt
Trotz tiefer Dunkelheit die Welt.

Ist unser Leben Liebe, ist es Wunder, ist es Zufall?
Auserwählt und unfaßbar, in diesem Weltenall?

Ein Auftrag nur bereitet den Weg,
Um ethisches Tun und richtiges Handeln es geht.

In der Krippe liegt das Kind geboren,
Scheinbar hilflos und verloren.

Wofür soll man den Weg bereiten,
In diesen unendlichen Weiten?

Für die kleinen Schritte
Des Kindes in unserer Mitte?

Der Weg aus Hoffnung oft besteht,
So manche Spur ist rasch verweht.

Die Suche nach Freude und Frieden
In all unseren Tagen hienieden.

Ferne vielleicht schöne Welten,
Doch jetzt nur unsere Taten gelten.

Und so bereiten wir der Kinder Pfade
Aus lauter Liebe oft zu gerade.

Wie gleißender Schnee der Menschen Tage
Strahlend hell verschwinden, ohne Frage.

Geborgenheit

Schneetreiben, Weihnachtssterne
Die Gedanken in weiter Ferne.

Kaminfeuer, Duft von Kerzen
Erwartung, Freude im Herzen.

Die Krippe und das Jesukind
Draußen weht ein kalter Wind.

Ein heller zarter Engelchor
Tönt leise zum Himmel empor.

Ein Stern in weiter Ferne blinkt
Das Kind in seine Kissen sinkt.

Es träumt den schönsten Kindertraum
Von Süßigkeit und Lichterbaum.

Erinnerung an längst vergangene Zeit
Läßt Wonne fühlen, Seligkeit.

Vorbei ein Jahr

Schneeflocken leise durch den Wind
Erdwärts und nach oben schweben
Gleich meinen Gedanken eben
Freudig sorglos wie ein Kind.

Entfernt wir uns ja nahe sind
Im Zaubernetz der Träume rufen,
Der Abend schreitet über goldne Stufen,
Dein Antlitz zeichnet er geschwind.

Träume unsere Hoffnung sind,
Eine schmale Brücke bis zur Wende,
Jahresbeginn und Jahresende,
Die Zeit zu rasch ins Nichts verrinnt.

Silvestergedanken

Das Schicksal klopft gewaltig an die Tür,
Zugesandt aus unbekannten Quellen.
Kummer, Sorgen, Leid, man fragt: Wofür?
Möchte sich gerne entziehen.

Stille, Schweigen, Vergänglichkeit,
Die Sterne langsam verlöschen.
Rüttle an der Wirklichkeit:
Nur ein Atemzug der Gegenwart.

Silvester

Silvester, außergewöhnliche Nacht
Erinnerung an Menschen ...
Vergangen sind Tage und Jahre
Wie wird die Zukunft sein?

Der Beginn und das Ende
Manchmal durchfluten uns
Die Liebe und der Sonne Strahl
Schmerz vergeht, Flammen verlöschen

So entschwindet die begrenzte Zeit.
Laß die Gedanken schweifen
Über grenzenlose Sphären
Weitab der jugendlichen Erde!

Was bedeutet dann Alter,
Gesicht schon und Zeit?
Achte nicht den zarten Nebel
Halte Ausschau nach dem Licht.

Christbaum im Februar

Man wirft mich aus dem Fenster raus,
Ich höre das Kind noch weinen,
Bliebe so gerne bei der Kleinen.

Man wirft mich aus dem Fenster raus,
Ohne Bedauern, mit roher Gewalt,
Man sagt, ich sei unbrauchbar und alt.

Man wirft mich aus dem Fenster raus,
Ich liege mit Lametta behangen herum,
Bin sehr einsam, unnütz und stumm.

Man wirft mich aus dem Fenster raus,
Der Wind treibt mich beliebig fort,
Von einem zum anderen Ort.

Man wirft mich aus dem Fenster raus,
Träume von glänzenden Kinderaugen,
Nun soll ich gar nichts mehr taugen.

Man wirft mich aus dem Fenster raus,
Mir wird plötzlich so bitter kalt,
Aber auf einmal sagt jemand: „Halt!".

Man wirft mich aus dem Fenster raus,
Bin glücklich, man sammelt mich ein.
Verbrenne im warmen, hellen Schein.

Dein Zweig wird grünen!

Die Welt, von Bäumen rings umfriedet,
Ein großes Wunder sich uns zeigt,
In Ehrfurcht sich der Mensch verneigt.

Beginnen, wachsen, blühen, enden,
Um Halt der Zeiten man vergebens fleht,
Alles vergeht und verweht.

Heute fühlen, entbehren wir die Sonne,
Morgen ist es der Zweige Grün,
Der Wunsch danach ist ungestüm.

Quellen, Brunnen leise rauschen,
Es gab der Herr uns Zeit und Raum,
Erkennend einst das Licht zu schaun.

Der Herbst der Ernte Fülle trägt,
Der Fächer des Windes die Zweige entkleidet,
Der Mensch am Blick zum Himmel sich weidet.

Des Winters rauhe Tage fliehen,
Hoffen, warten, sich erkühnen,
Dein Zweig, wird er wieder grünen?

Frühlingsahnen

Regenperlen die Fensterscheiben kosen,
Regen, zartes Rauschen dringt ans Ohr.
Lauschend frag ich: War da etwas?
Vielleicht ein leiser Vogelchor?

Werden Feld und Fluren bereitet,
Kommt der Frühling in das Land
Erwartend schon das Samenkorn,
In des treuen Bauern Hand.

Leise schwingt der Melodienzauber,
Klingt jetzt eilig mit dem Wind,
Und Sonnenstrahlen golden grüßen,
Wärmend wieder, zart und lind.

Lobpreis

„Halleluja", so ertönt es laut
Aus Kirchen und Kapellen,
Vielfach gehört und vertraut

Ein unüberhörbarer Lobesruf.
Zu der Gestirne ewigen Heimat
Dem, der die Töne erschuf.

Von Hoffnung, Erwartung umwoben
Tönender, gewaltiger Chor
Zum flehenden Gebet erhoben.

Versiegelt die vielen Sorgen,
Vertrauend, daß wird vernommen
Auch was still und verborgen.

Der Jubel, die Freude
Von Weihrauch umhüllt,
Fliehend zum Himmelsgebäude.

Zu Gottes Preis und Lob
Vertrauend der Verheißung,
Die uns zum ewigen Sein erhob.

Impressionen

Was ist gerecht?

Erinnerung, ein Ort der besonderen Art:
Ein Garten, ein Haus, viel Natur
Atem des Seins und der Kultur.

„Die Rückseite des Spiegels" – sie harrt
Des Menschen, der fragt nach Woher und Wohin
Nach Gerechtigkeit und des Lebens Sinn.

Geboren in eine unendliche oder doch endliche Welt?
Erhoffend eine allseits gelebte Gerechtigkeit
Erkennend des Menschen Unfähigkeit.

Nach ethischen Normen zu leben. Denn das Geld,
Das „goldene Kalb" von altersher für viele,
Läßt schwinden erstrebte und hohe Ziele.

Fehlt ihm die Weisheit des Salomo
Zu sehen Wert und Unwert des Lebens
Erahnend das Glück des höheren Strebens.

„Wir sind ein Teil der Erde." Es ist nun ebenso.
Und jedes Lebewesen hat seinen Sinn und seine Zeit.
Es bedarf der Liebe, Achtung und Gerechtigkeit.

„Man sieht nur mit der Seele gut!"
Seele erheb dich in den Morgen.
Denk an das Du, vergiß die eignen Sorgen.

Schöpfe Kraft und neuen Mut
Rechtfertigt der Tod das Leben?
Es wird uns genommen und gegeben.

Ein guter Weg zur Gerechtigkeit
Ein hohes Ziel in allen Bereichen.
Macht und Ohnmacht müssen weichen.

Verschwinden muß Armut, Reichtum und Neid
Willst du in dieser Welt verweilen,
Mensch, Lerne zu leben und zu teilen.

Gedanken zum gleichnamigen Seminar im Konrad-Lorenz-Institut für Evolutions- und Kognitionsforschung in Altenberg, Niederösterreich, 2000

In die weite Welt hinein

Liebe, Freude, Wonne
Eine helle Sonne.

Lachen erfüllt den Raum
Jubel, Staunen wie kaum.

Trittst in diese Welt hinein
Nimmst nur wahr den matten Schein.

Möchtest alles dann verstehen
Des Meeres Tiefen, des Himmels Höhen.

Die Welt des Großen und des Kleinen
Soll in dir sich nun vereinen.

Ein weiter Bogen sich nun spannt.
Nicht alles liegt in deiner Hand.

Nimmt dich in Bann der Zeit Getriebe
Und du suchst Nähe nur und Liebe.

Auf einmal ein Fühlen, ein Pochen, ein Du,
Es deckt die ganze Welt dir zu!

Mußt viele Dornenhecken noch überwinden,
Um die Welt in dir zu finden.

Und dies in einem kurzen Menschenleben,
Das man dir geschenkt, geliehen, gegeben.

Hast viel erlebt, die Welt bereist
Und erkennend du nun weißt:

Der Möglichkeiten gab es viele,
Doch sehr begrenzt sind alle Ziele.

Schien alles bisher wie ein Traum
Dein Aufenthalt in Zeit und Raum.

Umhüllt von einer Sonne
Liebe, Freude, Wonne.

Sich selbst genug

In dieser irdischen Zeit
Sei ungezwungen froh
Doch stets bereit.

Glücklich wie Diogenes
Denn oft das Viele
Uns nicht leben läßt.

Meteora Klöster

Siehst nach oben
Bist wie gebannt
Felswände, Klostermauern
In der Welt bekannt.

Gewaltige Übermacht
Kann es gelingen?
Ein Mensch versucht
Eine Felswand zu bezwingen.

Wie heißt der innere Befehl?
Was will er sehend finden?
In unwegsamer steiler Höh´
Möchte er sich überwinden.

Sucht er Frieden, Ruhe?
Holt er Liebe, Glück,
Stärke, Einsamkeit,
Erinnerung zurück?

Suchen – Suchen ist des Menschen Los
Der Weg nach oben beschwerlich und weit
Der Trampelpfad aber bequem und breit.

Puszta

Die Puszta breitet sich weit aus
Wiesen, gleich einem Blumenstrauß
Fohlen sich anmutig bewegen
Dem neuen Morgen entgegen.

Lieblich blühen Königskerzen
Erfreuen so manche Herzen.
Vom Morgentau gekost und rein
Leuchtend im hellen Sonnenschein

Ziehbrunnen am lieblichen Ort
Der Wind begleitet das geflüsterte Wort
Im Baum beharrlich die Störche brüten,
Die ihre Jungen sorgsam behüten.

Windmühlen zum Nutzen erdacht
Umworben vom Wind, heftig und sacht,
Die Abendsonne errötend die Erde küßt,
Sehnsucht nach Ruhe den Abend begrüßt.

Niagarafall

Niagara: Fluß, riesig und breit,
Zieht wie im Schlaf dahin so weit.

Die Wellen beginnen zu säuseln,
Talwärts strebend zu kräuseln.

Auf einmal verlassend die Ebene, das Tal,
Wird er zum tobenden Wasserfall.

Mit der Sonne strahlender Pracht
Wird ein Regenbogen entfacht.

Lärmend, rauschend, er alles mit sich rafft
Mit hehrer, vernichtender Kraft.

Insel Phuket

Sorglos erwacht
Voller Erwartung
In bunter Pracht.

Möchte teilen
Wo bist du?
Entfernt durch Meilen

Ein Schiff kommt an
Niemand an Bord
Die Zuversicht verrann.

Schäumende Gischt
Menschen im Festtagsgesicht
Wehmut mit Sehnsucht sich mischt.

New York

Straßennamen hier meist fehlen
Es scheint, nur Zahlen zählen.
Auch der Mensch nur eine Nummer.
Schweigsam. Zeigt Freude kaum, noch Kummer.
Als Kontrast vielleicht zum Straßenlärm
Hält die Angst den Einen vom Anderen fern.

Postkarte

Mancher Tag bedeckt mit Schatten
Auch Sonnenschein wir hatten
Gewitterstürme, Sonnenbrand
Nicht alles liegt in unserer Hand.

Schlepplift

Schnee, Sonnenschein und Wind
Auf zwei Brettern stehend
Dem Gipfel entgegen geschwind.

Beweg mich wieder ins Tal
Es macht viel Freude
Hoch! Und noch einmal.

Zieh meine schmale Spur
Sie wird von der nächsten
Bedeckt mit Bravour.

Ein Flugzeug ist am Himmel zu sehen.
Verschwindet in den Wolken
Vergessen das Zeitgeschehen.

Menschenmassen zwischen Erde und Himmel
Schatten ziehen über das Tal
Umhüllen das Menschengetümmel.

Naturgewalt

Schneesturm und beißender Wind.
Schneenebel – ich bin fast blind!
Hab Skier an meinen müden Beinen
Und vor Angst möcht ich fast weinen.

Am Bahnhof

Alle Sorgen weichen nun von mir
In Gedanken bin ich schon bei dir.

Eine Frau liegt vor mir auf der Bank
Barfuß, betrunken, vielleicht krank.

Ist mir wirklich gewiß das Glück?
Hat sie noch Hoffnung auf ein Zurück?

Könnte nur Freude ihr in die Seele dringen
Und sie sich dadurch selbst bezwingen.

Etwas finden, trotz Schmerz und Einsamkeit.
Ein Ziel, das stärker ist als ihr Leid.

Ein hohes Ziel, stärker als ihr Leid.

Suchen

Laufen, laufen und nichts spüren.
Verschlossen sind alle Türen.
Möchte laufen, laufen, laufen!

Geheimnis

Das Leben manchmal verpackt
wie im Karton uns scheint
Von Dunkelheit umgeben.

Wo sind die Träume geblieben?
Alles gut eingeteilt, geordnet
Feines Netz der Gewohnheit.

Suchst Platz in der engen Brust
Drängende Erinnerung an ...
Halte den Spiegel uns vor, vielleicht ...

Dämmerung

Abend, Finsternis und Sand
Meer und Himmel, Hand in Hand
Wirklichkeit und Traum
Vermischen sich in Zeit und Raum.

Spurlos

Das Singen, das gesprochene Wort
An einem beliebigen Ort

Das Leben und das Treiben
Nichts davon wird bleiben.

Die Blätter, sie schweigen
Mit dem Winde sich neigen.

Das Geheimnis bewahren
In all den vielen Jahren.

Es wiederholt sich wieder
Andere Menschen, neue Lieder.

Nähe – Ferne

Die große Welt, Nähe und Ferne
Wo bin ich und wäre ich gerne?

Menschen mich überall umgeben
Auf der Suche nach dem Sinn im Leben.

Sonnenuntergang: die Kulisse sich wendet
Leben ward, der Tag ist beendet

Wir möchten vieles finden
Der Zeiten Lauf ergründen.

Denn ein weites Hoffnungszelt
Ist diese große, kleine Welt.

Zuversicht

Ist alles so wie es dir scheint?
Blühen Blumen noch am selben Ort?
Kannst nur du sie nicht sehen?
Widersprüchlich des Menschen Weg.
Gefangen in Gefühlen, dorniger Steg.

Siehst du des Mondes Schein?
Das Blinken der Sterne in der Ferne,
Sie blinzeln dir zu, sagen: „Gib Ruh!"
Betrachtest du manches hinterher,
Nimmst vieles nicht mehr so schwer.

Lebensweg

Es braust das Leben wie Wind und Sturm
Durch majestätische und unfruchtbare Weiten.
Ist es Wüstensand, auf dem wir schreiten?

Wohin der weite Weg auch führt
Hoffen, bangen, streben, oft mit letzter Kraft.
Gedanke an die Oase Linderung uns schafft.

Lechzend wie das Wüstenschiff Kamel
Trugbilder von fern wir müde schauen,
Täuschungen, die uns den Weg verbauen.

Doch nur wer die Wüste hat durchwandert,
Empfindet Freude an des Wassers Lebensquell
Und dunkle Tage werden wieder strahlend hell.

Mandala

Grenze – Traum
Grenze – Raum
Grenze – Streben
Grenze – Leben

Stundenbild

Zeiten der Entfernung
Verschlossene Pforten
Träumende Sehnsucht
Stimmen die schweigen
Ewig flieht das Hoffen
Der Stern der Schönheit
Die Seele trägt sie fort
In den glühenden Wind
Wehmut in Tautropfen
Meine Sonne in der Nacht.

Mein Zimmer

Der Raum erfüllt von ungehörten Worten
Fernab fliehend die reale Welt
Doch schwingen sie, gleich Wirklichkeiten,
Zurück zu mir, in unerfüllte Räume
Besessen von der Macht der Träume.

Wanderung

Das Leben ist wie ein Tal
Manchmal sehr breit
Dann wieder schmal
Drängst dich hindurch
Erhebst den Blick
Und suchst das Glück
Verlierst oft das Ziel
Du wanderst weit
Und erreichst gar viel
Doch näher betrachtet
Ist fast nichts geschehen
Kannst nur immer weiter gehen.

Der Weg

Gehst weiter den Weg
Hast alles gefunden.

Gehst weiter den Weg
Vieles entschwunden.

Gehst weiter den Weg
Bist wie ausgebrannt.

Gehst weiter den Weg
Hast nichts erkannt.

Wie Spreu vor dem Winde

Die Waage des Glücks
Trennt Weizen von der Spreu.
Alte Erkenntnis – doch immer neu.

Die Waage des Glücks:
Auf das Nichts gestellt
Fühlst dich wohl auf der Welt?

Die Waage des Glücks:
Wem Erkenntnis gegeben,
Dem erschließt sich das Leben.

Die Waage des Glücks:
Macht, Habgier und Gut
Bald verliert sich der Mut.

Die Waage des Glücks:
Alles, was erdacht,
Verliert seine Macht.

Die Waage des Glücks:
Wenn die Tarnkappe fällt,
Siehst du den Abglanz der Welt.

Die Waage des Glücks:
Des Abschieds Gebinde
Ist wie Spreu vor dem Winde.

Umsonst

In den Sand geschrieben
Vom Wasser gelöscht
Und doch wieder geschrieben
Sinnlos, umsonst.
Es ist nichts geblieben.

Vergänglichkeit

Noch einmal sollst du mich umfangen
Mit der Wonne und dem Bangen,
Mit aller Pracht vergangener Zeit,
Glücklich freche Jugendzeit!

Rosen in das Haar geflochten,
Unsere Herzen rasend pochten,
Lieder, die wir damals sangen,
Töne in die Seele drangen.

Glanz den Augenblick umgibt,
Beredsam schweigen und geliebt.
Schönheit, die geläutert wird,
Sich im Alter nicht verliert.

Stolzes Antlitz voller Sehnsucht
Vor sich selbst oft auf der Flucht,
Erträumt, erlebte schöne Stunden,
Eingeschlossene Herzenswunden.

Die Blütenblätter hat die Zeit verstreut,
Erinnerung bleibt, tut weh, erfreut
Und der Duft ins Herz gedrungen
Wie ein letztes Lied gesungen.

Wunsch

Möchte schöpfen aus Quellen,
Die niemals versiegen
Wie Steine, die in der Sonne liegen.
Trinken und nie mehr dürsten,
Mich mit den Wellen wiegen
Und tauchen hinab,
Mich selber besiegen.

Kosmische Dimensionen

Woher kommen wir …? Wohin gehen wir …?

Fragt man nach Alter, Ausdehnung, Struktur – Weltall,
Stößt man auf Theorien mit und ohne Urknall.
Extrem hohe Dichte, Explosion, Strahlung, Materie, Ferne,
Kosmische Objekte, Atome, Moleküle, Sterne.

Endlich geschlossene Systeme – oder unbegrenzt?
Viel wird geforscht und vielleicht auch ergänzt.
Verifizierung – ein Irrtum – wir hoffen.
Falsifizierung – die Wahrheit? – wir sind betroffen.

Menschen: Abstammung, Entwicklung, Evolution,
Visionen, Annahme, geistige Revolution.
Das Leben bekommen, annehmen aus göttlicher Hand
Oder nur als der Liebe irdisches, sichtbares Pfand?

Ewige Geburt, sich geborgen fühlen, doch stets mahnend
Und immer auch Trennung schon erahnend.
Schattenland und sonnenflimmernd Erdental,
Nicht immer nur stehend vor der eigenen Wahl.

Schicksal, Relativität oder Auslöschung nur,
Vielleicht Erlangung einer neuen Struktur?
Ist der Schluß Vollendung – oder Ende,
Verheißung, Übergang oder Zeitenwende?

Glaube an Trennung von Körper und Geist,
Die dennoch Leben, Auferstehung verheißt.
Denn Sinn enthüllt, vom Glauben beseelt,
Pilgernd, hoffend das Ziel nicht verfehlt.

Was dem Leben Wert gibt – vielleicht – erreichen,
Nicht besitzen, es sind nur flüchtige Zeichen.
Leben, Liebe, als Hoffnung die Erfüllung gibt.
Annahme von Mühsal und Leid, aber geliebt.

An der Schwelle der endgültigen Überwindung,
Der Wind bläst spurlos über jede Empfindung.
Was ist es, was wird es sein, das endet,
Wenn der Herr der Tage seinen Ruf uns sendet?

13. Dezember 1998

Und sie bewegt sich doch

Und sie bewegt sich doch.
Täglich um die eigene Achse,
Jährlich um die Sonne noch.

Die Erde, ein Planet von vielen,
Von Menschen bewohnt
Mit verschiedenen Zielen.

Liebe, Hoffnung, Schmerz,
Ist es Streben nach Erkenntnis?
Was bewegt des Menschen Herz?

Alles man nicht sieht, versteht,
Sehr oft für viele
Es auch nicht besteht.

Der Wissensstand von heute,
Er bedeutet uns sehr viel,
Wird aber rasch des Neuen Beute.

Selten nur herrscht Klarheit:
Heute Irrtum, Verbannung,
Morgen – die Wahrheit.

Sie ist nicht immer zu erkennen,
Kampf um Wissen, Glauben, Macht,
Und schon gar nicht zu benennen.

Gleich wie das Herz in Flammen steht,
Man nichts anderes mehr sieht,
Sich alles um die Liebe dreht.

Des Meeres Rhythmen, die Gezeiten,
Menschen, Pflanzen, Tiere
Uns erfreuen und begleiten.

Erhebt man den Blick zum Firmament,
Das Licht, den Schein des Mondes
Und der Sterne man erkennt.

Die Erde manchmal vor der Sonne steht
Zwischen dem Mond – Finsternis
Aber sich noch immer weiter dreht.

Die Jugend andere Lieder singt.
Der Liebe Botschaft
Auch schon durch den Äther dringt.

Doch das Gesetz besteht,
Daß die Erde sich
Noch immer um die Sonne dreht.

Auch anhand der Sonnenuhr
Erkennst du die Zeit,
Obwohl es Schatten vom Lichte nur.

Die letzten Worte, Stille, und dennoch
Das Leben geht weiter
Und sie bewegt sich doch.

Anton Kidéry

Alles, was kreucht und fleucht

Schöpfungsworte: „Macht euch die Erde untertan!"
Als Herrschen gedeutet, der Auftrag vertan.

Im Kosmos sich stetig regen,
Sichtbar und unsichtbar bewegen,

Amoeben, Entwicklung, ewige Paarung
Eines dem anderen Nahrung.

Natur im harten Wettstreit
Der verschiedenen Möglichkeit.

Entstehende, aussterbende Artenvielfalt
In verschiedenen Elementen Aufenthalt.

Schönheit spiegelt sich in vielen Formen
Nach verschiedenen Gesetzesnormen.

Einander Feind, Freund, Beschützer, Segen,
Anpassungsfähig, dienend, überlegen.

Wenn der Adler den Wind berührt,
Erdenschwere – Sehnsucht man verspürt

Nach unendlicher Freiheit
Dem Ziel: Bedürfnislosigkeit.

Ein Hauch überströmender Natur
Leben, Geschenk, Einmaligkeit nur.

Vorwärts

Den Gesichtskreis verlassen
Nicht nur verharren
Wärme fühlen
Fröhlichkeit einatmen
Ist alles schon getan?

Sonnenfinsternis

Lichtsegmente küssen die Erde,
Leben, immer neues Leben werde.

Menschenkinder ohne Zahl,
Teil der Unendlichkeit allzumal.

Sonnenlicht, es wich den Schatten,
Dunkel lagen Wald und Matten.

Geschehen im Kosmos, wir zittern und zagen,
Nach dem Erdenschicksal wir fragen.

Die Sonne wird zur Sichel, kleiner
Fluoreszierend, schwindend, feiner.

Kühle, verlöschend der Strahlenreigen,
Die Welt gehüllt in der Dämmerung Schweigen.

Unsere Sonne überläßt dem Mond die Macht,
Alles verändert sich gemächlich sacht.

Wir Menschen das Licht erst begreifen,
Wenn Schatten heftig danach greifen.

Welch Jubel, schon erahnend, wer nun siegt:
Die Sonne! Die Welt im Glanze wieder liegt.

Ein Strahlen, wie es nie vorher war!
Große Welt, goldene Sonne, wunderbar.

Gestern, heut' und neue Zeit

Gestern heut' und neue Zeit,
Wechsel mancher Wirklichkeit

Man erfand das Rad,
Es bringt Bewegung in der Tat.

Völker wandern kreuz und quer
Übers Festland und das Meer.

In 80 Tagen um die Welt,
Ein Rekord, der nicht mehr hält.

Die Atome längst gespalten,
Kann der Mensch in Schach sie halten?

Hat einst der Hofnarr amüsiert,
Heut' Internet und TV regiert.

Der Silbermond ist nun entzaubert,
Über die Mondlandung man lässig plaudert.

Die Frau schlichtete einst in Kommoden,
Heute hantiert sie mit Elektroden.

Der Mann muß sich neu beweisen,
Bar der Bewunderung in manchen Kreisen.

Sonnenlauf in Tagen, Wochen,
Subjektivität ununterbrochen.

Nicht gleich dem Metronom, das unentwegt
Sich bewegt, sich bewegt ...

Dem Gleichmaß fehlt die Ewigkeit
Gibt es sie überhaupt – die Zeit?

Leben

Spiralennebel, Materie, Leben,
Hoffnungsvoll wir immer weiter streben,
Gleich einem Stern dem anderen Stern
Ein Mensch dem anderen oft so fern.
Spürst so viel vom Leben,
Rüttelst an Gitterstäben,
Erkennend, schon ist es vorbei,
Unwichtig, unsichtbar, doch frei.

Text: Anna Krapfenbauer

Gotteslob

Melodie: Mag. Karin Kaul
Klaviersatz und Arrangement:
Martina Frank und Robert Passini

Gotteslob

Lobe Gott!

Für das Wachen
Für das Lachen

Für die Sonne
Für die Wonne

Für das Sehen
Für das Gehen

Für die Triebe
Für die Liebe.

Lobe Gott.

Ist es so?

Fiktive weite Welt
Ein Teil des Lebens
Gegenpol zur Realität
Freiheit und Freude
Fern von der Pflicht
Erlösung ...

Unser Sein

Die Begegnung mit der Sonne
Mit aller Pracht und Herrlichkeit

Die Minuten fallen in das
Stundenglas der Zeit

Monde, Jahre sich verbinden
Mit der Macht Unendlichkeit.

Wesen, schöpferisch und bange
Anfang, Ende, Unbegreiflichkeit.

Unterwegs

Unterwegs, nicht auf Reisen,
Du brauchst Fantasie, keine Bahn,
Begibst dich weit weg
Wo kommst du an?

Ewiger Wahn, frohe Geleise –
Ist Hoffnung Ziel und Landebahn?
Fahrt ohne Ende,
Traumbild, nur Wahn?

Weg

Du langer Tag, Du kurze Zeit!
Krall dich nicht an Spinnweben fest.

Darauf kannst du nicht bauen.
Halt mußt du anderswo suchen.

Fernes Land, Schönes Ziel!
Anderes Ufer, nach langem Tag.

Abschied

Herbst, Winter
Unsagbar kalt
Zeitlichkeit
Der Weg wird enger
Das Ziel ist näher
Könnten wir schweben
Hoffnung, guter Gesell´.

Vorbei

Schritte wir wagten,
Die Tage ... wir sagten,
Die Nächte ... wir fragten.

Schritte wir wagten,
Die Jahre ... vorbei.
Vergangen ... es sei.

Weite Wege

Ging der weiten Wege viele,
Suchend immer neue Ziele.

Begleitet von vielen Mustern, Zeichen,
Bilder nun verschwinden, weichen.

Schritte suchen, gehen im Reigen,
Klingt es wie Musik von Geigen.

Helle Glut vom Lagerfeuer,
Ist es nur ein Abenteuer?

Wetterleuchten in der Ferne,
Wo bin ich? Wo wär ich gerne?

Kosmisch karmisches Geleit,
Erwachen ohne Raum und Zeit.

Nunmehr kein äußerer Schein.
Nur noch wirkliches Sein.

Unerreichbar

Begibst dich auf die weite Reise,
Die längste, die man je begann,
Auf die nach innen.
Doch niemals kommst du an.

Augenblick

Kosmisch der Augenblick kaum zählt,,
Licht und Schatten sich vermählt.

Das leere Haus so voll von Träumen,
Wo bist du Zeit? Mag nichts versäumen!

Wohin der weite Weg auch führt,
Vergänglichkeit man wachsen spürt.

Gedanken

Leben — Element zu Element,
Die Zukunft man nicht kennt.

Anorganisch zwar triumphiert
Über organisch, garantiert.

Gespräche an jedem beliebigen Ort,
Länger währt das geschriebene Wort.

Der Mensch um Unsterblichkeit ringt.
Sein Werk – ein Baum, der Früchte bringt.

Mit Druckerschwärze verewigter Geist
Auf die aktivierte DNA hinweist.

Menschlicher Geist, Wissen und Information
Liegt in den Elementen seit Äonen schon.

Mens sana in corpore sano

Ein Mensch gesund an Körper, Geist
Auf ungeahnte Vielfalt weist.

Über geistige Gesundheit oder Krankheit
Herrscht nicht immer volle Einigkeit.

Das Wissen um die kurze Erdenzeit
Macht zum Denken und zur Tat bereit.

Von Höhenflug zu Höhenflug
Der Ideen sind genug.

So greift man nach den Sternen
In unbegrenzte Fernen.

Neue Wege, Ziele ohne Ende
Wechselnd Zeit mit Zeitenwende.

Durch Training des gesunden Körpers Kraft
Der Mensch auch Großes schafft.

Den Dom, das Bild, das Buch, Musik erklingt
Der Mensch aus ganzer Seele singt.

Die Idee wie Funken sprüht
Gewaltig Werk vollbracht und nicht umsonst bemüht.

Weiß auch der Geist um die Vergänglichkeit
Gibt es doch Zeugnis der Vergangenheit.

Die Zeit verrinnt wie in der Uhr der Sand
Das Werk, es hat die Zeit gebannt.

Unendliche Räume

Wie Spreu vor dem Wind
Die Zeit, der Tag verrinnt.

Die Schwalbe baut ihr Nest,
Wir halten an vielem fest.

Das Wort kaum gesprochen
Von der Zeit unterbrochen.

Gedanken den Sonnenwind streifen
Entgegen dem engen Begreifen.

Von blauen Lüften aufgesogen
Verlassen wir nun die Pagoden.

Verlöschende Glut, die zur Ewigkeit strebt
Noch gleißende Bilder der Traum in uns webt.

Über die Lichtjahre fern so weit
Eintauchen in die Unendlichkeit.

Vertrauend dem zarten Geflimmer der Träume
Erreichend den Raum der unendlichen Räume.

Relativ

Hab ich vergessen die Farben der Rosen,
Das Lächeln über der Ebene, über dem Wind?

Aufgezwungenes Leben oder Geschenk,
Leben müssen – oder dürfen?

Atmen – Zwang oder Können,
Ein Wimpernschlag – Seligkeit.

Sterben müssen – oder dürfen?
Sich anklammern – loslassen.

Hoffnung

Verblühend sich der Menschen Tage runden
Und atemlos die letzten Stunden.

Flatternd nur mit müden Schwingen
Immer noch mit Hoffnung ringen.

Die Sonne schon verlöschend flieht,
Das brechende Auge sie noch einmal sieht.

Mit der Sehnsucht auf ein Morgen,
Nicht mehr leidend, ohne Sorgen.

Stille

Köstlich schöpferische Pause – Stille,
Atem, wohltuendes Schweigen im Raum.
Leben, verharren, fast wie im Traum
Unter dem Ereignishorizont – dein eigener Wille.

Oft mühsame Suche nach einer neuen Richtung
Nach Lebenskampf, Sturm und Vernichtung.

Stilles Sein, geschriebenes Wort,
Das Bilder malt aus verschiedener Zeit,
Den Geist erhebt unendlich weit,
Gelegenheit an beliebigem Ort.

Die Stille, die in sich selber wirkt,
Die größte Offenbarung in sich birgt.

Freude empfinden an stummer Kommunikation,
Aufbauen, öffnen von kosmischen Toren,
In Raum und Zeit sind Stunden nicht verloren,
Wechsel zu unbegrenzter Dimension.

Wo werden wir sein?

Leben zwischen
Urknall und Urknall
Milliarden Jahre ...

Betreten diese Welt,
Verlassen sie.
Milliarden Jahre ...

Geist, Materie, Energie.
Wo werden wir sein?
Milliarden Jahre ...

Reflexionen

Korridor der Zeit
Ferner Ort, so endlos weit
Die Naturgesetze überwinden,
Sich in anderen Welten finden.

Abglanz

Gleich wie der Silbermond die Jahre zählt,
Der Libelle Flügel flimmernd sonnengleich,
Sacht über Hügel und Dünen schwebt.
Der sanfte Atem aller Wesen Sein
Niedersinkt in ewiges Geglitzer,
Verlöschend in Spins Unendlichkeit.

Alle Wege zu dir

Die Zeit verrinnt, verstreicht,
Der Sinne Panzer weicht,
Den Duft der Sehnsucht spüren,
Alle Wege zu dir mich führen,
Klippen werden erreichbare Pfade,
Rastplätze, wo man der Stille begegnet,
Einsam, aber in deinem Lichte gesegnet,
Ruhend wie benommen, trunken
In dir, der Güte, versunken.

Vision

Christrosenweiß auf einsamen Felsen,
Schatten fallen über den Frost.
Den Seewind beschwörend,
Ertönt des anderen Ufers Harfe.

Zur Autorin

Anna Krapfenbauer, geb. Leitner, Jahrgang 1936, wurde im niederösterreichischen Hohenwarth als drittes Kind einer Kleinbauernfamilie geboren. Durch den Krieg verlor sie den Vater. Der Opferbereitschaft ihrer Mutter verdankte sie den Besuch der dreijährigen Hauswirtschaftsschule im Internat der Englischen Fräulein in Krems. Nach Abschluß der Höheren Bundeslehranstalt für Mode und Bekleidungstechnik in Wien, Herbststraße, erwarb sie das Meisterdiplom. Sie ist verheiratet und Mutter zweier Töchter.

Frau MD Anna Krapfenbauer ist stellvertretende Fachgruppenleiterin der Fachgruppe „Handwerklich-Kreative Frauenkurse" und seit 25 Jahren in der Erwachsenenbildung tätig. Sie ist auf den Gebieten Mode, Farbe und Stil sowie Ernährung eine gesuchte Referentin. 1994 verlieh ihr der Verband Österreichischer Volkshochschulen für anerkennenswerte Leistungen die Ehrenurkunde des Verbandes.

Einige ihrer Gedichte wurden in den Agemus Nachrichten Wien, herausgegeben von Wiss. OR. Dr Gerhard Pretzmann, dem Generalsekretär der Intern. Friedensmission Bertha von Suttner, veröf-

fentlicht. Weitere Publikationen finden sich im Band *Die Gralstätten* von o. Univ. Prof. Dr. Blanka Horacek, sowie in der Publikationsreihe *Zeitschrift für Werke deutschsprachiger Gegenwartsautoren*. Eine zweite Auflage ihres Gedichtbandes *Die Welt um uns* ist in Vorbereitung. Seit 1994 zählt sie zum Kreis „Döblinger Autoren auf dem Cobenzl".
Mehrere Gedichte wurden vertont. Ihre zahlreichen Lesungen, u.a. auch im Naturhistorischen Museum in Wien finden großen Anklang.
Anna Krapfenbauer ist Vizepräsidentin der Internationalen Friedens-Mission „Bertha von Suttner".

Prof. Liselotte Klammer
Leiterin der Fachgruppe
für Handwerklich-Kreative Frauenkurse
des Verbandes der Wiener Volkshochschulen

Die beiden Illustrationen stammen von den Enkeln der Autorin.

Die Welt der Anna Krapfenbauer

Den Alten Griechen war der Kosmos einst wohlgeordnete Einheit. Der Glaube, daß sich in allen Phänomenen der Welt ein tieferes Prinzip der Wahrheit offenbart, war ihnen so selbstverständlich wie der Wechsel von Tag und Nacht. Dieses kindliche Urvertrauen in die Zweckgerichtetheit der Wirklichkeit muß dem Mensch auf seinem langen, unaufhaltsamen Entwicklungsgang zur Moderne nach und nach abhanden gekommen sein. Nicht Sinn, sondern sinnleere Entropie beherrscht, getreu dem zweiten Hauptsatz der Thermodynamik, unser heutiges Bild vom Kosmos. Aber die Einsicht in die physikalische Verfaßtheit der Wirklichkeit hat zwangsläufig ein zersplittertes, kaltes Weltbild mit sich gebracht, das nichts als das Messbare gelten lassen will und in dem alles Unwägbare und Zauberhafte Skepsis hervorruft.

Gott sei Dank lebt ein Funke der antiken „kosmischen" Denkungsart in jeder Kinder- und Künstlerseele fort. Und versuchen nicht gerade die Dichter, die Sehnsucht nach einem unversehrten Ganzen, einer sinnhaften Welt, zumindest punktuell – in einem Werk von ein paar Zeilen – Wirklichkeit werden zu lassen? Wenn sie es – wie Anna Krapfenbauer – vermögen, kann man davon ausgehen, daß sie zumindest einen Funken jenes

Staunens in sich lebendig halten konnten, der den Alten Griechen in ihrem Kosmos einst Geborgenheit gab. Denn das Staunen und die Sehnsucht sind auch heute noch jene Mächte, die uns veranlassen, über den engen Tellerrand der Faktenwelt hinauszublicken und das Zauberhafte zu sehen – und damit die unabdingbaren Ingredienzien jedes echten lyrischen Werks.
Der Kosmos ist aber auch ein Leitbegriff, der die Sorge um das Ganze, um Mensch, Tier und Umwelt auszudrücken vermag. Neben der empfindsamen Innenschau ist heute eine starke Hinwendung zu den Dingen und Themen der Welt getreten: Die Hoffnung auf einen verantwortlichen Umgang miteinander durchströmt auch viele der Gedichte Anna Krapfenbauers. Den Weg dorthin lebt die Autorin selbst vor: durch das Annehmen aller Höhen und Tiefen, die das Leben bereit hält, und den Willen, sie durch eine wache Wahrnehmung anderen zu erschließen. Wenn Anna Krapfenbauer eines der Buchkapitel „Leben und Liebe" nennt, ahnt der Leser, daß diese Begriffe für sie zutiefst zusammen gehören; und staunt, wie alles einfließt, was ein vielfältiges Leben an „zauberhaften" Momenten bereithält. Die Autorin lädt die Leser auch in ihrem zweiten Buch ein, daran Teil zu haben.

Mag. Anton Badinger, Herausgeber der *Kleinen Bibliothek Wien*

Inhalt

Anhang